문학과지성 시인선 185

죽은 자를
위한 기도

남진우 시집

문학과지성사에서 펴낸 남진우의 시집

타오르는 책(2000)

새벽 세 시의 사자 한 마리(2006)

문학과지성 시인선 185

죽은 자를 위한 기도

초판 1쇄 발행 1996년 9월 5일

초판 7쇄 발행 2017년 11월 29일

지 은 이 남진우

펴 낸 이 이광호

펴 낸 곳 ㈜문학과지성사

등록번호 제1993-000098호

주   소 04034 서울 마포구 잔다리로7길 18(서교동 377-20)

전   화 02)338-7224

팩   스 02)323-4180(편집) 02)338-7221(영업)

전자우편 moonji@moonji.com

홈페이지 www.moonji.com

ⓒ 남진우, 1996. Printed in Seoul, Korea

ISBN 89-320-0831-0 02810

문학과지성 시인선 185

죽은 자를 위한 기도

남진우

1996

요즘 들어 저물 녘의 풍경이 자주 머릿속
에 떠오른다. 어스름에 잠긴 스산한 풍경이
눈앞에 선연히 떠오르곤 한다. 내가 줄곧
걸어온 이 길이 다하기 전에 나 또한 그렇
게 저물리라. 저물어 그 어딘가로 정처없이
떠내려갈 이 몸, 아득한 기억의 저편.

1996년 여름
남 진 우

죽은 자를 위한 기도

차 례

▨ 自 序

I. 우리 시대의 표류물

II. 간빙기의 지상에서

I. 우리 시대의 표류물

가 시

물고기는 제 몸 속의 자디잔 가시를 다소곳이 숨기고
오늘도 물 속을 우아하게 유영한다
제 살 속에서 한시도 쉬지 않고 저를 찌르는
날카로운 가시를 짐짓 무시하고
물고기는 오늘도 물 속에서 평안하다
이윽고 그물에 걸린 물고기가 사납게 퍼덕이며
곤곤한 불과 바람의 길을 거쳐 식탁 위에 버려질
때
가시는 비로소 물고기의 온몸을 산산이 찢어 헤치고
눈부신 빛 아래 선연히 자신을 드러낸다

땅거미 속으로 저무는 풍경

땅거미가 다가온다
한뼘 한뼘 남은 햇살을 지우며
사방에서 옥죄어오는 땅거미의 그물
땅거미가 친친 온몸을 휘감고 내 안으로 기어들어
온다

휘황한 바람 소리만이 쌓여 있는
텅 빈 몸 속
적막하게 펼쳐진 갯벌에 집을 짓는 땅거미

어느덧 감겨진 내 눈에서도
검은 거미줄이 스며나온다

달

밤하늘에 둥근 유골단지가 떠 있다.
유골단지에서 뼛가루가 쏟아져나와 사방에 흩날린다
아우성치듯 봄밤의 거리를 떠도는 꽃가루들

박하향기 나는 달빛을 마시면
몸 속에 꽃가루가 들어찬다 숨쉬는 것조차 힘겨운
이 밤
내 죽음을 예고하는 꽃가루의 소용돌이
밤하늘 여기저기 상처처럼 입벌리고 있는 묘혈들이
저마다 푸르스름한 빛을 뿜어낸다

죽음의 힘으로
한사코 자신을 밝히는 저 목마른 존재들
달빛을 다 퍼내고 난 뒤
유골단지는 텅 빈다

우리 시대의 표류물

매일 밤 익사체가 떠내려온다
어둠을 타고 흘러내려오는 저 길 잃은 영혼들
눈을 뜨고 죽은 사람도 눈을 감고 죽은 사람도
잠시 우리집 창가에 머물렀다 떠난다

깊은 밤 전등을 끈 채
창가에서 담배를 피고 있노라면 그들은
뭔가 내게 들려줄 말이 있다는 듯이
유리창에 붙어 입술을 달싹거린다
그 어떤 위안도 희망도 소용없어진 내게
그들은 읽을 수 없는 문장을 전해주고 간다

간혹 창문을 두드리며
방안으로 들어오고 싶다는 이도 있지만
팔짱을 낀 나는 조용히 고개를 가로저을 뿐
익사체는 덧없이 먼 어둠 속으로 헤엄쳐가고
다시 또 다른 시체가 떠밀려온다

때로는 비에 젖어 때로는 흰 눈사람이 되어
끊임없이 내 집 창문을 기웃대는 그들

그 어떤 땅이 그들에게 영원한 안식을 가져다줄 수
있을까
그 어떤 기도 그 어떤 아름다운 노랫소리가

별똥별 하나 내 이마에 금을 그으며 떨어지는 밤
나는 다시 잠자리에 든다 흔들리는 방 흔들리는 거
리를 지나
죽은 자들에게 이끌려 나는 한없이 어두운
밤의 밑바닥을 정처없이 떠내려간다

……누군가 창문 저편에서 나를 지켜보고 있다

그때 그곳에서

검은 물
나는 마셨네 웅덩이에 고인 검은 물을
두 손을 모아 검게 빛나는 물을 떠올렸네
검은 물은 피처럼 끈적거리고 한량없이 어두웠네

그 누구의 심장에서 흘러나온 물인지
검은 물 속엔 그 물을 마시려 몸을 굽힌 내가 비치고
저무는 숲을 헤매다닌 바람의 갈피도 엿보였네

검은 물 검은 물 속에
달빛도 녹지 않고 엉겨붙어 무겁게 고인 검은 물
속에
내가 누웠네 가슴에 칼을 꽂고 누운
내 부릅뜬 눈에 어두운 하늘이 비치고
그 하늘 아래 고개 숙인 내가 보였네

손을 내밀어 검은 물 바깥의 그를 붙잡으려 해도
그는 이내 한 모금 물을 마시고 일어설 뿐
아무리 소리쳐 불러도
멀리 한 점 그림자 되어 사라지는 그는

끝내 뒤돌아보지 않았네

검은 물
검은 물 속에 나 홀로 누워

복도의 끝, 거울이 걸린

바로 그곳에 거울이 있다
바로 그곳에 있는 거울을 너는 바라본다
거울을 바라보며 뭔가를 계속 중얼거린다
잿더미 속에서 살아난 듯 너의 온몸은 상처로 얼룩
지고
너의 말은 탄내를 풍긴다

복도의 끝 벽에 걸린
거울을 향해 걸어가며 너는 낯선 말들을 두서없이
늘어놓는다
바로 그곳에 있는 아득한 거울 속
희미한 영상에 이르기 위해 너는 헛되이
손을 휘젓지만 아무리 걸어도 거울은
조금도 가까워지지 않는다

이윽고 멈춰선 너의
감긴 두 눈에서 눈물 대신
검은 머리카락이 흘러내린다
입에서도 귀에서도 검은 머리카락이 쉴새없이 흘러
내린다

거울을 마주보고 서 있는 네 몸에서 스며나오는 음
산한 향기

캄캄한 거울에 너는 비춰지지 않는다
네가 중얼거린 말들만 거울 표면에 어른거리며
부우연 입김으로 번져나가려 애쓸 뿐
검은 머리카락으로 뒤덮인 너는
서서히 쪼그라들어 한낱 실뭉치로 변해간다

⋯⋯벽에 거울이 걸린 아득한 복도 저편
둥근 실뭉치들이 굴러다니며 즐겁게 놀고 있다

목소리
──심야 통화

그들로부터 전화가 온다
이미 죽은 자들 땅속에 묻혀 뼈와 해골만 남은 그
들이
전화선을 타고 내 귓속으로 찾아온다

고딕체로 떠오르는 저 부음란의 주인공들이
녹슨 문을 밀어제치고 쇠사슬을 쩔렁거리며
납골당의 이끼 낀 돌계단을 밟고 올라온다
시체 태우는 냄새와 함께 울리는 전화벨 소리

수화기를 든 채 나는
유리창 밖 가득 밀려온 어둠을 바라본다
천천히 내 몸 저 아래에서 일어나는 진동이
발 딛고 선 바닥을 금가게 하고 건물을 뒤흔들며
마천루의 숲을 온통 폭풍우 속에 몰아넣는다

내가 한사코 목구멍 밖으로 밀어낸
몇 마디 말, 말의 먹구름이 의자를 넘어뜨리고
탁자 위에 쌓인 서류를 휘날리며
튀어오르는 빗물을 따라 사방으로 번져나간다

멀리서부터 서서히 천둥 소리가 다가오는 밤
소름끼치는 한밤의 전화벨 소리가 울린다
졸린 눈을 비비며 일어난 내 귓전에
죽은 자들의 차디찬 음성이 메아리친다

넌 이미 죽었다고
너도 곧 떠도는 목소리가 되어 우리처럼
밤의 허공을 외로이 방황할 것이라고

내 그물로 오는 가시고기

어디서 이토록 몰려오는 것일까
밤이 새도록 내 곁으로 달겨드는 가시고기들
내 몸의 살갗을 찌르고 들어와 박힌다
찢긴 자리마다 핏방울 번져나온다

저들이 뜯어먹을 살은 더 이상 없다
앙상하게 가시만 남은 것들이 가시 하나로 버티고
사는
나를 찌른다 상처 자국마다 돋아나는 핏방울로
온몸에 아름다운 성에꽃을 피워낸다

날렵한 물고기들은 알을 낳으러 벌써 멀리 떠났다
비린 살 전부 버리고 뼈만 남은 저 사나운 것들만
밤새도록 내 곁에서 아우성친다

나 쓰러져 누운 밤
사방에서 부딪쳐오는 가시고기들
찔러도 이제 피 한 방울 나지 않을 몸에서 기적처럼
그러나 핏방울은 다시 돋아나온다

가시들 내 눈의 망막을 찢고
가시들 내 목젖에 단단한 갈고리를 건다
어둡게 흔들리는 물 속에서 솟구쳐오르는 가시고기
때

물살에 깎여 서서히 내 몸은 유선형이 되어간다
가시만 남은 몸으로 나도 마침내
불빛 한 점 보이지 않는 어둠 저편으로 자맥질해
들어간다
살아 있는 그 누군가의 가슴에 처절히 가 박히기
위해
그의 살갗을 찢고 거기서 피어나는 핏방울을 핥기
위해

가시고기들 이 밤도 휴식을 모른다

밤

마당 가득 깔린
달빛 속에서 죽은 자들이 일어선다
손을 앞으로 뻗은 채 죽은 자들이 나를 향해 걸어
온다
마루를 넘어 방안으로 스며드는 달빛

창백한 달빛과 함께
죽은 자들이 나를 둘러싼다
눈을 반쯤 내리 감고서 죽은 자들이 중얼거리는 소
리가
내 귓가에 밀려와 부서진다

등불이 차츰 흐려짐에 따라
방안은 정밀한 속삭임으로 가득 찬다
빗살무늬를 그리며 벽으로
천장으로 기어오르는 달빛

풀어헤친 머리가 허공에서 일렁이듯
죽은 자들이 창가에 앉은 내 몸 주위를 떠돈다
죽은 자들의 입김이 내 뺨을 간질인다

등불이 꺼지는 순간 방안은
달빛으로 터질 듯 부풀어오르고

나는 죽은 자들에게 붙들려
마루를 지나 마당으로 내려선다
정원 저편 서늘한 어둠 속으로 번져가는 희디흰 불꽃
내 발등에 찰랑이며 스러지는 달빛, 사방 가득
풀벌레 소리가 일제히 끓어오른다

공포 영화와 함께 이 밤을

대형 화면 가득 산송장이 넘실거린다
산 자의 피에 굶주린 저 죽은 자들의 광란
붙박이 의자에 걸터앉아 후텁지근한 공기를 들이마
시며
세기말의 밤을 공포 영화로 보낸다

춤추는 밀랍인형들
저주받은 사원
흡혈귀의 내습
버림받은 여인의 처절한 복수
보름달이 뜨면 늑대로 변하는 신사
끝없이 이어지는 저 괴물의 계보학

화면은 순식간에 피로 물들고
삼 분 간격으로 찢어지는 비명이 귀를 찢는다
아무도 막을 수 없다 억압받은 것들은 언제나 저처럼
가장 잔인한 형태로 소름끼치는 모습으로
다시 돌아온다 돌아와
우리의 눈과 귀를 고문한다

즐거이 돈을 지불하고
삼류극장 한구석에 웅크리고 앉아
심드렁하게 바라보는 공포 영화, 겁에 질린 소녀는
막다른 골목으로 달아나고 정체불명의
괴물이 끈질기게 그 뒤를 쫓는다
한바탕 다시 화면에 꽃피워질 피의 제전

산 자는 비명을 지르고 죽은 자는 너털웃음을 웃는다
매번 되풀이되는 대학살 속에서
산 자를 뜯어먹고 무럭무럭 자라나
화면 바깥으로 손을 내미는 저 괴물들
어느새 내 목에 와 박히는 날카로운 이빨들

실컷 피를 빨리고
휘청거리는 발걸음으로 극장문을 나서는
세기말의 밤

검은 돛배

죽은 자를 태운 배가 이 밤 내 집 앞에 도착했다
사나운 바람에 찢기고 부러진 돛을 거느리고
그 배는 내 머리맡에 닻을 내렸다
긴 밤 내 잠을 감시하는 저 葬送의 배 한 척

죽은 자에게 내가 건네줄 말은 무엇인가
집은 밀려오는 바람에 갇혀 아득히 먼 바다를 향해
하고
나는 물결에 시달리며 계속 잠을 잤다
멀리 반짝이는 불빛 한 점 보이지 않는 막막한 바
다를
나는 홀로 헤매며 추위에 떨고 있었다

내 집 마당과 마루를 빠르게 오가는 물고기들
정원 곳곳에 뿌리내린 산호와 진주조개들
해안이 가까워질수록 몸 속의 피는 더 푸르러갔지만
그물에 걸려 떠오르는 것은 아무것도 없었다

이 밤 죽은 자를 태운 배가 내 집 앞에 도착했다
새벽이 오기 전 그 배에 불을 질러

더 먼 바다로 떠나보내야 한다
그 배가 삐걱이며 내 잠속으로 가라앉아버리기 전에
죽은 자들과 한 모든 계약을 끝마쳐야 한다

식인상어와 암초를 피해 어렵게 흘러든 해안
간신히 잠에서 빠져나온 내가 눈을 비비고 일어서면
희미하게 밝아오는 창문 저편
죽은 자를 태운 배는 서서히 떠나고 있다

살아 있는 시체들의 밤

시체들
시체들
시체들의 속삭임 속에서 잠든다
시체에서 새어나온 썩은 물이 귓속으로 흘러들어와
몸 속의 피를 검푸르게 물들이는 밤
사방에서 시체들이 속살거리는 소리
눈먼 눈으로 나를 바라보며 얼어붙은 입으로 끝없
이 주절대는 저들의
낮고 혼곤한 소리
시체들
시체들
머리카락을 곤두세운 채
문드러진 손톱으로 끝없이 벽을 긁아대는
막막한 밤의 저 길 잃은 유령들이
사방에서 몰려와 내 목을 조른다
나는 외친다
나는 외친다
나의 외침이 목구멍을 찢고 입술을 찢고
이윽고 얼굴 전체를 찢으며 번져나간다
산산이 찢긴 얼굴이 허공에서 소리소리지른다

시체들
시체들
시체들의 속삭임 속에서 깨어난다
한 입 가득 시체 썩은 물을 물고 온 세상이 찢어져
나갈 비명을 지르며
무더운 여름밤의 혼곤한 잠에서 빠져나온다

혼례의 밤

달은
녹슨 청동 항아리를 기울여
하늘에서 대지로 투명한 젖을 부어내린다

잠자는 네 이마와 가슴에 서늘하게 흐르는 달빛
네 몸 곳곳에 깃들인 새들의 지저귐

꿈속에서 너는 문지방에 발을 올려놓은 채
바람 부는 거리를 거슬러오르는 나를
지그시 지켜보고 있다

마지막 한 겹 달빛을 사이에 두고
우린 두 손을 마주잡는다
바르르 떠는 네 입술에 내 입술을 대고
서로의 입에 머금은 달빛을 나눠 마실 때
먼 허공을 가로지르는 마른번개 한 줄기

내 품에 안긴 네 얼굴이
피를 흘리며
달빛 아래 눈부시게 타오르다 스러진다

죽은 자를 위한 기도

이 밤
대지 밑 죽은 자들이 웅얼거리는 소리가
내 잠을 깨운다

지하를 흐르는 검은 물줄기가
누워 있는 내 귓속으로 흘러들어와
몸 가득히 어두운 말을 풀어놓는 시각
죽은 자의 입에 물린 은전의 쓴맛이
목구멍을 타고 내 몸 곳곳에 번져나간다

죽은 자들로 가득 찬 몸을 일으켜
창가로 걸어가보면 멀리 밤하늘에 떠 있는
차가운 달의 심장

대지 저 밑에서
죽은 자들의 손톱과 머리칼이 소리없이 자라듯
나는 이 밤
그들의 말이 두근대는 심장을 지그시 누르고
어둠 저편에서 나를 지켜보고 있는 누군가의 눈빛을
막막히 마주보고 있다

공원묘지

이른 아침부터 저 나무는 피를 흘리고 있다
푸른 잎을 다 버린 채 앙상한 가지를 치켜들고서
나무는 쉼없이 피를 흘리고 있다
스스로를 처형하는 저 침울한 망명자들

나는 저 나무를 알고 있다
저 나무 밑에 묻힌 주검이 누구의 것인지
그 주검에서 새어나온 피가 어떻게 줄기를 타고 올라
오늘 저렇게 껍질 밖으로 스며나오고 있는지

무덤 위에 푸른 그늘을 드리웠던 저 나무는 지금
그늘을 벗어나기 위해 몸을 뒤틀며 솟아오르고 있다
솟아오르며 나무는 뿌리로 빨아올린 핏방울을 한사
코
제 몸 바깥으로 내어밀고 있다

모든 죽음 위엔 나무가 자란다
무성하게 묘지를 둘러싸고 잎 없는 가지를 펼치는
나무들
나무가 흘린 피가 다시 땅속으로 스며들어

그 밑에 누운 주검을 조용히 어루만지는 오월 아침

어디서 날아왔는지
흰나비 몇 마리
꿈결처럼 내 몸 주위를 맴돌다 사라진다

길과 우물

저물 녘 아슴한 길 하나
멀리서 걸어와 내 몸 속에 드러눕는다
그 길을 비추던 엷은 햇살도 느슨히
내 몸 속에 마지막 빛을 뿌리고 사그라든다

적막과 함께 잦아들어가는 내 몸 속의 우물
그 스산한 공복을 에워싸고 길 양편의 꽃나무가 서
서히
제 그림자를 거두어들인다 젖은 먼지처럼 가만히
일어서는 남루한 기척들

내 언제 저 우물에서 단물을 길어
잠들지 못하고 헤매다니는 영혼들을 축여주었던가
길은 우물을 맴돌며 거기 박힌 돌 한 조각에도 다
가가 볼을 부비고
오래 비어 있는 그 속을 들여다보지만
마른 우물에선 상처입은 자의 긴 신음만 새어나올 뿐

구름의 누비옷 사이로 둥근 달이 얼굴을 내밀면
길은 다시 먼 길을 떠날 채비를 차리고

부서지고 흩날리는 기억 틈새로
허물어진 우물은 잠시 설레임 같은 잔물결을 밀어
보낸다

부신 달빛 아래 가만히 떠오르는 길…… 그리고 우물

나그네는 길에서 쉬지 않는다

관을 지고
세 개의 강을 건너
나는 마침내 이 땅에 왔다 모래바람 부는
변방의 도시 앙상하게 철골을 드러낸 나무들이 서
있는
황폐한 땅 위로 날은 저물고
죽은 내가 가야 할 저 지평선 너머엔
누런 해가 다시 지고 있다
녹슨 두개골 가득 울리던 북소리도 그치고
하늘엔 수상하게 새털을 날리는 구름 한 척
내가 끌고 온 관에 누워
검은 빗줄기가 관뚜껑을 두드리는 소리를 들으며
다시 하룻밤을 청하는 나날이여
아무리 둘러봐도 사방 보이는 것이라곤
무너진 담벼락과 파헤쳐진 무덤들뿐
죽고 난 다음에도 내가 가야 할 길은 한이 없어
다시
누런 해와 함께 일어난 나는
모래바람 속으로 관을 끌고 떠난다

Ⅱ. 간빙기의 지상에서

깊은 밤의 산책

이 밤을 지나 내가 가야 할 땅은 어디일까
잠…… 나를 감싸는 따스한 바닷물
나는 몇 번이고 가라앉았다 떠오른다

아무것도 잡히는 것 없는 망망대해를
다만 덧없이 떠돌면서…… 때로 심연에 가라앉은
부서진 뱃조각과 뼈무더기를 만나기도 한다

내 몸 속에 차오르는 희미한 소금기
일렁이는 물무늬를 헤아리며 천천히 나아가는 길
온통 푸른빛 속에서 나는 헤엄친다
헤엄치며 하나둘 잃어버린 기억…… 떠나보낸 말
들을 주워올린다

무섭도록 고요한…… 어둠 속에 펼쳐진 푸른 영사막
바람이 불면 순식간에 흩어져버릴 저 먼 나라

꽃피는 봄날

햇살 아래
고드름처럼 녹아내리는
눈동자

텅 빈
눈구멍 속에
지렁이떼가
꼬물거린다

햇무리

돌 속에서
뱀은 잠든다 둥글게 제 몸을 감고서
뱀은 먼 바다 떠오르는 해를
꿈꾼다

차가운 피가
더욱 차갑게 응결되고 나면
잠자는 뱀의 아가리에서
붉은빛이 뻗어나와
돌 속을 환히 밝힌다

웃음짓는 돌 하나
산정에 놓여 있다

장 미

장미꽃은 내 눈을 불태운다
가시면류관을 쓴 성자처럼 나를 목마르게 한다

이지러움에 잠겨 바라보는 뜰 위로
장미꽃이 부르는 붉은 목소리

장미꽃을 움켜쥐면
내 핏줄을 타고 고압의 전류가 흘러들리라

피, 피에 목마른 샘
장미꽃이 가르치는 저주

나는 이미 붙들렸다 타오르는 장미의 입술이
나를 마신다 내 피를 마신다

내 살갗을 가르고 무섭게 피어나는
장······ 미······ 꽃

불 면

밤마다 내 몸은 새까맣게 타들어간다
숯덩어리가 된 채 누워 꿈꾸는 나

검은 뼈무더기 사이 덜그럭거리는 바람은
심장이 있던 자리에서 사리 몇 개를 집어들고

입 근처에 달라붙은 말들이
그을음을 내며 오래오래 탄다

한 움큼 연기로 화해 허공을 움켜잡는 머리칼들
재가 되어 이리저리 날리는 살의 갈피들

오직 눈동자만 푸른 燐光을 내뿜으며
숯덩이 속에서 밤을 지킨다

새

죽음에게 봉헌된
이 소녀의 육체는 깨끗하다
(겨울 뜨락에 버려진 작은 얼룩 한 점)
그녀의 부리 위에 새벽의 첫 햇살을
그녀의 날개 위에 바람의 마지막 입맞춤을

그리고 그녀의 살을 파먹고 자라날
살진 구더기들에게 영광을

심 문

진흙이 몰려온다
진흙이 몰려와 나를 덮는다
깊은 밤 잠자리에 누워 있으면
사방에서 진흙이 기어와 내 발끝에서
머리 끝까지 휘감아오른다

뒤돌아볼 틈도 없이 진흙활자들이
더운 김을 뿜어내며 살갗에 달라붙는다
숨쉴 수 없어 외쳐보지만 진흙은
어느새 입을 타고 목구멍으로 밀려오고
내 속은 순식간에 진흙으로 메워진다

진흙이 몰려온다 검게 구물거리는
어둠의 형제들이 밤새 나를 둘러싸고
안팎에서 조여대며 서서히 아주 서서히
나를 일그러뜨린다

악몽 연습

공기는 결코 부드럽지 않다
틈만 나면 날카로운 가시로 나를 찌른다
공기에 갇혀 공기를 마시며 살아가는 나를
공기는 내버려두지 않는다 들숨으로
폐 속에 빨려들어간 공기는 횡경막을 두드리며
마음껏 쿵쾅거리다가 다시 날숨으로 빠져나온 뒤에도
귓가에서 윙윙대며 나를 위협한다
공기는 일어서는 나를 위에서 내리누르고
걸어가는 나를 앞에서 가로막는다
한걸음 내디딜 때마다 내 연약한 살은
공기에 부딪혀 멍든다 나를 에워싸고 나를 떠밀고
나를 어디론가 처박아넣는 공기 공기 공기들
내 주위에서 쉴새없이 웅성대며 나를 비난하는
저 음험한 목소리들 하루종일
힘센 공기에 목졸림을 당하다가 이윽고
내가 깊은 잠의 하구에 가라앉고 나면
공기는 회심의 미소를 지으며 내 가슴에 걸터앉아
밤새 엄청난 수압으로 나를 짓누른다

잠

잠이 들면
내 몸 속의 온갖 내장들이 빠져나와
허공을 둥둥 떠다닌다
뇌와 간과 허파 심장과 쓸개 기다란 창자가
모락모락 김을 내며
형광등 아래를 한없이 부유한다
심심하면 잠자는 내 목을 휘감아 조르기도 하고
유리창에 제 모습을 비춰보기도 하다가
사방 연속무늬로 번져나가는
천장과 벽을 일순간 피로 물들이기도 한다
악몽 속의 온갖 모습을 춤추며 일렁거리다가
내장은 새벽이 되기 전 간신히 제자리로 돌아온다
잠속에서야 비로소 가벼워지는
내 몸뚱어리

간빙기의 지상에서

책을 펼치면
글자들이 한 자씩 녹아내린다
페이지를 넘겨도 이내 백지가 된다

내 망막을 스쳐지나가는 것들은 다
물이 되어 흘러내린다
영화를 봐도 자막에 씌어진
글씨들은 금세 증발해버리고
배우들이 뜻도 이해할 수 없는 동작만을
무의미하게 되풀이한다

내 머릿속에 가득 찬 얼음이
내가 읽어나가는 글을 따라
조금씩 녹아내리는 걸까
지상의 모든 책을 다 읽고 나면
얼음이 다 녹아 텅 비어버린 내 머리는
어떻게 될까

밤이면 헐은 위장에
쓰디쓴 술을 쏟아붓고

새벽엔 진통제와 카페인을 쏟아넣는다
몽롱한 몸이 땅 위를 떠다니는 간빙기의 나날들

책을 읽는다
영화를 본다
아무것도 이해하지 못하면서
고개를 끄덕이고 하루 해를 넘긴다

어느 싸움의 기록

나는 재와 싸운다
하루종일 재에 둘러싸여 재와 싸운다
재투성이인 채로 나는 재를 눌러 쓰러뜨리고
재를 으스러뜨리고 재를 쥐어짠다

내 얼굴에
내 팔과 다리에 묻어 있는 재
재들은 부옇게 날아올라 하늘을 가리고
내 눈 속으로 처들어와 빛을 막는다
내 입 안에 내 폐 속에 가득한 재
머릿속에서도 자욱히 재가 흩날린다

내가 가는 어느 곳이든
내가 만지는 그 무엇이든 다
재가 되어버린다 내가 먹는 것
내가 입는 것 집이든 거리든 직장이든
어디서나 재 재가 소용돌이친다

불타는 재 꽃피는 재
흘러내리는 재 환호하는 재

나는 재와 싸운다 하루종일
밤새도록 허덕이며 재와 싸운다
재와 싸우며 재가 되어간다

재의 수첩

1

매일 재의 하루가 이어진다
재의 비가 내려 잿더미가 된
거리 위에 쌓이고 저녁 연기와 함께
금간 유리창 틈으로 땅거미가 스며든다
아주 먼 곳에서 불어오는 바람에도
재 냄새가 섞여 있다
혀 밑에 느껴지는 쓰디쓴 재의 맛

2

재난의 시대 재로 칠한 벽마다
낯선 얼굴들이 걸려 있다 저들도 언젠가는
눈앞에서 밝게 타오르는 불을 향해 걸어갔을까
걸어가다 걸어가다 재가 되어 쓰러졌을까
너무도 많은 재가 쌓이는 밤
내 잠은 재의 무게에 눌려 점점 납작해진다

3

재 속에서
시커먼 입이 울부짖는다

시커먼 손이 팔다리가 엉켜서 꿈틀거린다
상처의 벌어진 틈에서 계속 쏟아져나오는 재
재의 핏방울이 사방에 튀어
시커먼 얼룩을 남긴다
벙어리가 된 채 사람들은 묵묵히 재를 씹어먹는다

양철북

내 부르짖음에
지상의 모든 유리창이 부서져나간다면
황혼 무렵
높은 종탑 위로 올라가
나는
마지막으로 절규할 테다
박살난 유리창에서 쏟아져나온 무지개의 파편들이
허공 가득 소용돌이치다
일제히 내 몸에 박혀오기까지
끝내 남은 한 조각 유리가
내 목젖을 찔러오기까지
그래서 잠자던 내 몸 속의 피란 피가
전부 솟구쳐나와 저마다 한 방울씩
붉은 외침을 터트리기까지

까마귀

마른 재의 밤
그녀는 낮고 음산한 소리로 나를
부른다 불타서 속이 텅 비어버린
까마귀

먼 옛날
구부러진 발톱으로 내 눈알을 후벼 파던
저 새까만 노파가
목에 밧줄이 걸린 채
허공 높이 매달려 있다

까아악

책 속의 칼

문득 책을 펼치다
날선 종이에 손을 베인다
얇게 저민 살 끝에서 피가 번져나온다
저릿한 한 순간, 숨을 들이쉬며 나는 깨닫는다
접혀진 책장 곳곳에 무수한 칼날이 숨겨져 있음을
책은 한 순간의 번득임으로 내 머리를 절개한 뒤
어느새 낯선 말들을 밀어넣고 닫혀버린다
금속성의 외침이 큰골 작은골 사이를 꿰뚫고 지나
간다
하여 깊은 밤 책을 덮으며 나는
작은 전율과 함께 뒤늦게 깨닫는다
아무리 고개를 내저어도 이미 머릿속에 들어온 칼
날은
쏟아버릴 수 없다는 것을 날선 종이들이
두개골 속에서 부스럭거릴 때마다
터질 듯한 아픔으로 신음하며
컴컴한 벽에 온몸을 부딪쳐야 한다는 것을

일각수

단 하나의 뿔로
너는 내 가슴을 들이박고
안개 자욱한 새벽거리 저편으로 사라졌다

벌어진 상처에서 흘러내리는 피를 두 손으로 받으며
나는 망연히 생각한다
언젠가 나도 너를 들이박은 적 있었지
그때 벌어진 네 상처에서 흘러내린 피가
어떤 영혼의 갈증을 적셔주었던가

피는 끊임없이 흘러내려 손을 넘쳐 흐르고
나는 아물지 않는 상처 속으로 손을 집어넣어
새알 같은 심장을 어루만진다

다시 거듭 둔중하게 내 가슴에 와 박히는
뿔, 뿔, 뿔들

추 억

　허공에서 새들이 불타고 있다
　너는 검은 색안경을 썼다 숯이 된 새들은
　연기를 뿜어내면서도 아직도 허공에 떠 있다
　색안경을 쓰고 너는 거리 끝에 몰려 있는 먹구름을
바라본다
　새들이 이윽고 네 어깨와 발치로 떨어져내린다
　새들이 다 떨어진 허공은 순식간에 먹구름으로 가
득 찬다
　먹구름에서 한 방울 두 방울 비가 스며나와 네 외
투를 적시기 시작한다
　검은 색안경에 비친 하늘은 여전히 황량하고
　땅에 널린 새들 위로 들이치는 빗발은 싸늘하다
　새들은 순식간에 진창 속에 파묻혀 보이지 않는다
　구름 위에서 천둥이 발굽을 구르는 소리를 들으며
너는 진창길을 걷는다
　검게 탄 새들의 시신이 네 구두와 바지에 달라붙는
다

　아무도 없는 텅 빈 거리 끝에
　단두대의 칼날이 고요히 빛나고 있다

갯벌에서

밤의 염전
달빛이 흰 소금 위에 부어져내린다
항아리처럼 텅 빈 내 몸 가득 끓어오르는
흰 소금의 비명

눈을 감고
두 손으로 귀를 틀어막은 채
나는 엎드려 온몸이 흰 알갱이로 흩어져가는 꿈을
꾸며
갈라진 살갗 사이로 흘러나오는 비명을
달빛에 말리고 있다

소금에 뒤덮인 어깨와 등 위로
담금질하듯 지나가는 바람
납의 바다 저 멀리
염전을 물들이던 황량한 달빛마저 시들고 나면
물기 하나 없는 입에서 풀려나온 혀가
짜디짠 말을 허공에 풀어놓는다

흡혈귀

밤마다 나는 비명을 사냥한다
사랑하는 여인의 흰 목덜미에 날카로운 송곳니를
처박고
거기서 흘러내리는 향기로운 피를 마시며
나는 밤마다 울음 운다

내 사랑의 방식이 마음에 들지 않기 때문이다
내가 원한 것은 보다 따스하고 정다운 사랑
그러나 지상은 내게 불빛과 안주를 허락하지 않았다
다만 어둠에서 어둠으로 자리를 옮기며
나는 여인의 환영을 뒤쫓을 뿐

오 말들이여
죽고 난 뒤에도 살아서 지상을 떠도는
말의 순결한 영혼들이여
그대 목덜미에서 흐르는 피는 얼마나 따스한가
피 묻은 입술로 속삭이는 사랑은 얼마나 달콤한가

피에 굶주린 자는 말을 유혹하는 법
검은 옷자락을 펄럭이며

십자가와 마을을 피해 밤을 달리면서도
나는 불 속으로 뛰어드는 나방처럼
비명 속으로 몸을 던진다

그리운 피의 샘에 입술을 처박고 오오래
결국은 내 자신의 피를 빨며, 나는 떠올린다
그림자처럼 다가온 그들이 횃불 아래서
내 사지를 절단하고 심장을 파내는 것을
그렇다면 내 마지막 사랑의 복수는
처절한 외침을 이 지상에 뿌려주는 것

내 스스로의 비명에 못박혀 나는 죽는다

그날 밤의 대화

그대 몸 속엔 너무도 많은 말들이 살고 있어
입을 벌리면 일제히 흰 나방들이 날아오르지

잡히지 않고 하늘하늘 날아오르는 저 흰 나방떼
아주 멀리 가진 않고 그대와 나를 비추는
불빛을 에워싸고 돌지

오 뜨거움에 감전돼 죽어가는 말들
떨어져 쌓여서도 눈부신 빛을 뿜어내는 말들
말들이 서로 탁탁 날개를 부딪치며
저문 숲을 오가는 바람을 손짓하네

방바닥에 널린 흰 나방들 속에 손을 묻으면
꽃가루처럼 은밀히 묻어나는 화안한 향기
이제 잠시 지상에서 발을 떼고
살아남은 말들이 보채는 저 대기 속
흰 나방떼 춤추는 아슬한 허공으로 걸어가야 하리

황홀한 불꽃에 취해, 그대와 나
연신 두 팔을 펄럭이며 나는 동안
누군가 가만히 우리를 핀으로 꽂아 누른다

대화중에 갑자기 입을 다무는 순간

뜨거운 숯불이 입을 지지고 지나간다
삼킬 수 없는 말이 혀를 태우고
입술을 갈가리 찢는다

멍하게 뜬 눈의 흰자위 가득
몰려오는
눈보라

저녁이 내리면

저녁이 내리면
내 그림자는 정처없이 어디론가 떠나고자 한다
발 밑을 벗어나 짙은 어둠에 잠긴 거리를 가로질러
머나먼 지평선을 향해 흘러가고 싶어한다 물소리도
내지 않고
떠밀려가는 그림자의 무리들

내 그림자 위로 또 다른 누군가의
그림자가 겹쳐 작은 시내를 이루고 깊어지는
그림자에 밀려 그림자가 숨죽이며 번져나갈 때
아주 멀리서 조그맣게 열리는 추억의 나라

······그런 날 밤
내 잠속엔 낯선 유랑민이 찾아와
머리맡 꽃나무에 불을 밝혀주고 간다

Ⅲ. 새벽을 향해 열린 문

다시, 깊은 곳에 그물을

깊은 밤
그물을 내려 마른 뼈를 거두어라
하얗게 씻기고 바랜 뼈들이
어둠 속에서 서서히 떠오르리라
그대의 아버지의 아버지
어머니의 어머니의 어머니가 남긴 뼈들이
오롯이 빛을 뿜으며 그대 그물에 담기리라
사망의 골짜기에 흩어진 저 숱한 뼈들의 외침
누군가 간절히 불러주기를 바라는
저 마른 뼈들의 하염없는 기다림
이제 그대가 그물을 내려 모두 거둬들여야 한다

다음날
이른 새벽의 빛이
그대가 끌어올린 흰 뼈들 위에 부어지는 순간
뼈들은 일제히 되살아나
노래하며 지저귀리니

행 진

그들이 지나간다
피, 철벅이는 피가 튀어오른다
웅덩이 가득 고인 검붉은 피
가다 목이 마르면 그들은 엎드려 그 피를 마시리라

너도 마셨고 나도 마셨던
그래 우리 모두의 입과 손을 검붉게 물들였던 그 피
길가에 파인 웅덩이마다 고인 피가
어른어른 지나가는 사람들의 그림자를 되비춘다

진창 여기저기 죽어 널브러진 자들의 몸에서
피가 새어나온다 흘러나와 웅덩이에 고인다
피, 증오와 저주를 가득 담고
은밀히 지나가는 자를 손짓하는 심장의 똑딱거림

귀기울여보라, 피의 웅덩이에서
흐느끼는 소리가 새어나온다
떨리는 입술로 속삭이는 소리 숨죽이며 문 두드리
는 소리
피, 피 속에서 한사코 울려퍼진다

새벽 안개 속을
음산하게 흘러가는 저 기다란 대열들
지쳐 쓰러진 자의 몸 위로 다시 또 누가 쓰러지며
한없이 검붉은 피를 게워낸다

식물 인간

구덩이를 파라
깊고 어두운 구덩이를
그 속에 네 몸을 누일 수 있도록
움직일 수 없는 손 내뱉을 수 없는 숨
우리에게 허락된 건 오직 그것뿐

꿈틀대는 흙을 퍼올려라 한없이
땅속에 도사리고 있던 나무 뿌리들 잘라버리고
자갈들 쇠붙이들 모두 밝은 빛 속에 드러나게 하라
다만 어두운 구덩이를 네 몸을 편히 눕힐 수 있는
구덩이를 깊이 파들어가라

삽질, 내 몸이 파이고
삽질, 내 기억이 무너져내린다
내 몸 여기저기 박혀오는 녹슨 삽날들
대지의 서랍 속에 차곡차곡 쌓인 주검들이 싸늘히
눈 부릅뜨고 나를 노려보는 밤

젖과 꿀이 흐르는 땅은 더 이상 없다
메마른 흙만이 버석거리며 부서져내릴 뿐

우리가 발 딛고 걷는 땅 어디서나
검은 구덩이가 입을 벌리고 있다 묵묵히
누군가 피 흘리며 쓰러지기를 기다리고 있다

구덩이를 파라
네 몸을 옮겨 심을 준비를 하라
네 몸을 가르고 일제히 피어날 풀과 꽃들이
깊고 어두운 땅속에서 설레이고 있다

고　요

오늘밤 왠지
탁자 위에 놓인 전화가 불안하다
금방이라도 일어나 이 고요를 깨뜨려버릴 듯
전화기는 은밀히 몸을 들썩이고 있다

창밖으로 조용히 밤비가 내리고
사방은 푸르스름한 형광빛으로 채워져 있다
그러나 지금 탁자 한구석에서 뒤척이고 있는 저 전
화기는
제 몸 속에 가득 찬 화약을 조만간 터트리기 위해
저렇듯 웅크리고 있는지도 모른다
밤을 타고 번져가는 음모의 소리들이
저 전화기 속에서 들끓고 있는지도 모른다

길게 뻗어나간 전화깃줄은 도화선처럼
내 집 지하에서 타들어가고 있을 것이다
얼굴을 가린 혁명가와 공작원들이
오가는 말을 붙잡기 위해 눈을 빛내며
번져가는 불꽃을 응시하고 있을 것이다

손을 내밀어
수화기를 붙잡으면
전화는 폭발할지도 모른다
폭음과 함께 이 집을 날려버릴지도 모른다

그러면 전화는 끝없이 울어대며
전세계를 향해 비상호출 신호를 보낼까
지상의 모든 집 전화가 일제히 울려
최후의 심판이 닥쳐왔음을 떠들어댈까

숨을 죽이고 천천히
탁자 옆으로 다가가 떨리는 손을 뻗치는 순간
계시처럼
사납게 전화벨이 울린다

어느 사랑의 기록

사랑하고 싶을 때
내 몸엔 가시가 돋아난다
머리 끝에서 발끝까지 은빛 가시가 돋아나
나를 찌르고 내가 껴안는 사람을 찌른다

가시 돋친 혀로 사랑하는 이의 얼굴을 핥고
가시 돋친 손으로 부드럽게 가슴을 쓰다듬는 것은
그녀의 온몸에 피의 문신을 새기는 일
가시에 둘러싸인 나는 움직일 수도 말할 수도 없이
다만 죽이며 죽어간다

이 참혹한 사랑 속에서
사랑의 외침 속에서 내 몸의 가시는 단련되고
가시 끝에 맺힌 핏방울은 더욱 선연해진다
무성하게 자라나는 저 반란의 가시들

목마른 입을 기울여 샘을 찾을 때
가시는 더욱 예리해진다 가시가 사랑하는 이의
살갗을 찢고 끝내 그녀의 심장을 꿰뚫을 때
거세게 폭발하는 태양의 흑점들

사랑이 끝나갈 무렵
가시는 조금씩 시들어간다 저무는 몸
저무는 의식 속에 아스라한 흔적만 남긴 채
가시는 사라져 없어진다

가시 하나 없는 몸에 옷을 걸치고
나는 어둠에 잠긴 사원을 향해 떠난다
이제 가시 돋친 말들이
몸 대신 밤거리를 휩쓸 것이다

망령들의 잔치

저들은 누구인가
저들은 어디서 와서 지금 저렇게 춤추고 노래부르
는가
밤이면 유랑민들이 나타나 우리의 도시를 점령한다
우리 몸 속에서 외출한 저 망령들이 저희들끼리
싸우고 사랑하며 어둠 속을 흘러다닌다

묘비처럼 서 있는 상점들의 거리를 지나
뒷골목 폐차장이나 강변공원에 모여 유랑민들은
오가는 사람들을 바라보고 웃는다 저들의 먹이가
저렇게 싱싱하게 살아 움직이고 있기에

아무도 보지 못하는 사이
유랑민들은 무리지어 살인을 하고
외딴집을 털고 으슥한 장소에서 여인을 폭행한다
어둠이 내리면 이 세상은 저들의 것

지하도나 다리 밑 가로등 불빛이 희미한 곳이면 어
디서나
유랑민들은 몰려와 먹고 마시며 교접한다

피 한 방울 흘리지 않고 우리를 먹어치우는 유랑민들
밤안개 속을 떠다니는 저 혼돈의 자식들

집마다 거리마다 사나운 유랑민들로 가득 차 있다
유랑민들이 칼과 도끼를 들고 집 지붕을 뜯어내고
층계를 걸어내려오고 있다 저들이
망치로 우리의 두개골을 두드려 열고
밤새 뇌수를 빨아마시고 있다
유리창을 부수고 여기저기 불을 지르며

이 밤 망령들이 돌아다닌다
내 눈꺼풀 밑에 내 고막 속에 유랑민들이 들어차
어서 푹 잠들라고 다신 깨어나지 말라고
눅눅한 목소리로 속삭이고 있다

불 멸

1
나는 기억한다 나의 죽음을……

2
지금
나는 들판 한가운데 찬 이슬에 덮여 누워 있다
서서히 밝아오는 하늘엔 마악 새순을 내밀기 시작
한 구름
죽은 나는 고요히 미소지으며 기다리고 있다

그 누가 찔렀는지 모를 칼날이
내 가슴에 박힌 채 녹스는 동안 내 귀는
들판을 달려가던 먼 천둥 소리로 가득 차고
지난밤 새가 파먹은 눈동자엔 빗물이 고여 빛난다
이제 나에게 주어진 것은 무한한 침묵과 망각의 감
미로움

두 팔을 펼치고 누워 있는 내 몸 위로
바람이 집전하는 장례식이 엄숙하게 진행된다
한때 당겨진 활처럼 긴장했던 몸은 이제 느슨하게

풀려
   차례차례 대지로 돌아간다 물은 물로 진흙은 진흙
으로
   오직 내 영혼을 데리고 갈 저 숲의 형제들만
   아직 오시 않았다

           3
   이윽고 내 몸에 깃들인 죄가 다 씻겨나가고 나면
   나무 뒤에 다소곳이 숨어 있던 짐승들이
   가까이 다가오리라 고개를 숙이고 저들은 곧
   내 목과 가슴 팔 다리를 하나씩 문 채 사방으로 달
아나리라
   피 한 방울 살점 하나 흘리지 않고 갈가리 찢겨 나
는 퍼져나가리라

   마지막으로 남은 것은
   떠오르는 태양을 향해 치켜든 얼굴…… 벌려진 텅
빈 입뿐
   죽어 비로소 평안한 나는
   입 안에 차오르는 싱그러운 햇살을 힘껏 깨문다

눈이 아픈 나날
──처형 1

매일 밤 잠자리로 찾아와
감겨진 눈을 할퀴고 가는 도둑고양이가 있다
곳곳에 놓인 덫을 기민하게 피해다니며
꿈속으로 파고들어오는 음험한 무리가 있다

어디선가
환청처럼 울려퍼지는 어린아이의 자지러지는 울음
소리에
뒤척이며 돌아눕는 밤
천장과 벽은 일순 피로 물들고
망막엔 예리한 발톱 자국이 새겨진다

아픈 눈을 간신히 뜨고 다음날
병원에 가면 마주치는 사람 모두 핏발 선 눈동자뿐
핏발 오른 눈동자로 바라보면 세상은 온통
도둑고양이가 할퀸 자국투성이이다

응달진 처마 밑이나
먼지 수북한 다락방 구석에 숨어
한밤의 악몽을 모의하는 저 도둑고양이들

저들이 한번씩 몸을 날릴 때마다
병원 복도는 북적거리고
거리엔 안대 감은 사람이 늘어난다

눈두덩을 눌러봐도 가시지 않는 짙은 어둠 속
불길하게 어른거리는 저 죽음의 밀사들
진물 흐르는 눈에 비친 세상은 여전히 아름답고
여전히 추악하다 다만 변한 것은 눈이 아프고부터
한낮에도 어린아이 울음 소리가
귓속에 따갑게 메아리친다는 것

도둑고양이가 다가온다
이 밤 아직 성한 한쪽 눈을 마저 할퀴려고
두 눈에 푸른 불을 켠 고양이가
소리없이 어둠 저편에서 다가오고 있다

매혈자의 꿈
——처형 2

내 몸 속에
이토록 많은 검은 피가 살고 있다니
칼로 손목을 긋는 순간 몸 밖으로 뭉글뭉글 새어나
오는
지하의 반란군들 캄캄하게 눈먼 무리들이
발을 적시며 멀리 지평선 끝까지 번져나간다

피가 빠져나갈수록
머릿속은 투명해지고 주위는 빠르게 어두워져간다
한 방울 다시 한 방울 피가 땅바닥에 떨어질 때마다
대지는 저 깊숙이 진저리치며 끓어오르는 돌들의
아픈 신음 소리를 내지른다

손가락에 검은 피를 찍어
허공에 문신을 새긴다
선연히 눈앞에 떠오르는 낯선 얼굴들
실낱 같은 피를 입가에 머금고 나를 노려보는 저
뿔없는 짐승들

사방이 온통 피, 피로 가득 차 있다

피의 물결 위를 철벅이며 나는 걸어간다
무릎이 잠기고 가슴이 잠기고 이윽고
나는 내 피 속으로 완전히 잠겨든다

이토록 많은 검은 피 속에서
피를 흘리며 내가 죽어가야 하다니
두 손 길게 늘어뜨리고 검게 굽이치는 피의 물결
속에 누워
나는 마지막 핏방울이 내 몸에서 빠져나가는 소리
를 듣는다

어둠 저편에서 조금씩 다가와
부드럽게 내 눈을 쓸어 감겨주는
아득한,
빛

여름날 오후 세시 반

햇빛은 지금 물이 마른 강바닥을
비춘다 진흙과 자갈들 부러진 나뭇가지들
한데 어울려 검붉은 상처를 드러내고
파리떼는 윙윙거리며 그 위를 맴돈다
햇살에 찔려 몸을 뒤척이는 한여름의

오후, 밟혀 죽은 개구리의 배에서
흘러나오는 누르스름한 액체 위로 무더운
바람 한 줄기 썩는 냄새는 질퍽이는 강바닥
끓어오르는 수증기에 휩싸여 번져가고

어떤 손 하나 무료하게 강둑을 더듬는다
파리들 더욱 거세게 윙윙거리며 내 몸 주위를
맴돌고 멀리 먼지에 뒤덮인 나무들이
파리한 잎사귀를 흔든다

손가락 사이로 흘러나가는 모래알들
개미떼에 덮여 까맣게 변해가는 개구리
강바닥에서는 무언가 기나긴 싸움이 계속되고

땀방울은 목덜미를 타고 흘러내린다
먼지 먼지 먼지들 햇살 속에서 춤추는 먼지들
허우적거리며 자꾸 빠져드는 이 더러운
진창 어디선가 모래 채취선의 발동기 소리
울리고 나는 일어나 좀더 아래로 내려간다

창가를 맴도는 파리 한 마리

벌인가 싶어 고개를 들자
창가를 맴도는 파리 한 마리가 눈에 들어왔다
제단에 제법 붕붕 소리를 내며 파리는
이중의 유리벽 사이에서 출구를 찾고 있다

테이블 위에 올려진 몇 권의 책
컴퓨터 자판
빈 찻잔 사이로 무심히 바라본 유리벽
그 틈새에서 파닥거리며 연신 붕붕거리는
저 파리 한 마리

지금 애타게 창가를 맴도는 저 파리는
투명한 벽을 밀어제치는 순간 뒤도 돌아보지 않고
훌쩍 다른 세계로 건너가버릴 것이다
내 머릿속을 떠도는 글자들이 일제히 빨려들어가는
컴컴한 어둠 저편, 커서의 깜박거림도 그친
침묵의 세계로

내 시선이 파리의 움직임을 따라
유리벽의 이쪽과 저쪽을 오가는 동안

창밖의 거리엔 눈부신 꽃이 피어나고 유모차를 미는
젊은 여자가 지나가고 얼핏 골목을 돌아가는
바람의 서늘한 뒷모습이 보이기도 했다

나른한 햇살에 취해
알맞게 데워진 유리벽 사이 좁은 대기를 저공비행
하면서
한세상 저렇게 붕붕거리다 가면
그것도 나름대로 황홀한 생이 아닐까

생각하며, 고개를 돌리는 순간
컴퓨터 화면 속의 글자들이 일제히
내 눈동자 속으로 뛰어들 채비를 하고 있다

매장된 아이
—수술대 위에서 죽어간 아이들을 위한 노래

매장된 아이가 노래를 부른다
깊은 밤 땅속에 매장된 아이가
무정한 제 에미와 아비를 찾는 노래를 부른다
어슴푸레한 수풀 속에서 애절하게 울려퍼지는 노랫
소리

우리는 삽질을 한다
차갑게 얼어붙은 땅에 힘들여 삽질을 한다
앙상한 나무들이 스산하게 흔들리는 어둠 속에서
우리는 매장된 아이를 찾아 삽질을 한다

노래는 바로 곁에서 들려오지만
아무리 삽질을 해도 매장된 아이는 보이지 않는다
여기 묻었는데…… 아니면 저곳일까
어둠 속에서 취기도 잊고 땀 흘리며
우리는 삽을 휘두른다

매장된 아이의 노래가
산 아래 마을을 지나 먼 세상으로 퍼져나갈수록
우리의 삽질은 더욱 무력해지고

이따금 삽날에 닿는 돌멩이의 금속성만
밤하늘의 얼음 조각을 바스러뜨린다

매장된 아이는 계속 노래부르고
우리는 밤새 삽질을 한다
노래와 삽질 사이
이따금 잘린 나무 뿌리가 튀어오르고
여기저기 파헤쳐진 구덩이에 검은 피가 고여 빛난다

매장된 아이가 노래를 부른다
반쯤 뜬눈으로 우리를 쳐다보며 어서 파내달라고
답답해서 못 견디겠다고 하소연한다 사나운 삽질에
짓이겨진 흙덩이만 꾸역꾸역 기어나오는 애장터

마침내 우리는 지쳐 쓰러지고
쓰러진 우리 몸 위로
탯줄에 휘감긴 징그러운 살덩어리를 담은
환한 은쟁반이 떠오른다

심야상영관

나 언젠가 가보고 싶었다
사랑하는 친구가 죽었던 그 심야상영관
불꺼진 매표소에서 표를 끊은 뒤 어둑한 계단을 지
나
나 그 친구처럼 눈감고 입벌리고 잠시 아주 잠시
그 자리에 그대로 앉아 있고 싶었다

대형 화면으로부터 여전히 숨가쁜 아우성과
무엇인가 무너지는 소리 터져나가는 소리가 메아리
쳐와도
나 딱딱한 의자에 그대로 못박혀
그가 마지막으로 내쉰 숨의 자취를 찾고 싶었다

그의 몸 안에 가득 들어찬 우울과 비애
방향을 잃어버린 그리움 그 무거운 짐들의 무게를
잠시 내 이마에 가슴에 무릎에 느껴보고 싶었다

희미한 담배 연기 날아다니는
텅 빈 객석 키득거리는 소리마저 그친
그 싸늘한 공간 한켠에서

오래 진저리치며

그러면 그 친구는 내게 속삭여줄 테지
이봐 자넨 아직 그 자리에 앉을 때가 되지 않았어
눈뜨고 저 화면 속에 펼쳐진 세상을 봐
지금 막 한 여자가 신음하며 한 사내를 받아들이고
있잖아
눈뜨고 함께 저 눈부신 빛무리 속으로 들어가야 해

나 언젠가 가보고 싶었다
심야상영관, 철없는 아이들이 껌 씹으며 불온한
말들을 중얼거리는 그곳 등받이에 기댄 채 얼굴엔
그의 시집을 덮고 잠시 아주 잠시
죽음같이 깊은 잠을 자고 싶었다

잠자리를 꿈꾸다
—— 원재훈에게

점심을 먹고
낡은 의자에 몸 길게 늘어뜨리고 눈을 감으면
눈꺼풀 밑에 소금처럼 쌓이는 햇살을 뚫고
잠자리 무수한 잠자리들이 날아오른다

푸르스름한 날개에 내 가벼운 졸음을 싣고
잠자리들이 내 엷은 꿈속을 떠다닌다
잠자리들이 한가롭게 가로지르는 하오의 사무실

성곽처럼 나를 둘러싼
책들 서류들 모두 조금씩 떠오르기 시작한다
내 몸을 실은 의자도 서서히 떠오르기 시작한다
허공에 뜬 꽃병도 꽃병 속의 물도
금방 쏟아져내릴 듯한 표정으로 기우뚱거린다

손을 내저어도 잡을 수 없는 잠자리들
내 뺨에 입술에 옷깃에 내려앉아 높이 더 높이
나를 데리고 올라간다

창밖으로 성냥갑만한 집들이 내려다보이고

가로수 밑을 지나는 사람들도 보인다
구름만큼 오르다보면 저 위에서 무얼 보게 될까

열린 유리창으로 바람이 몰려온다 몰려와 짐자리
잠자리 푸르스름한 날개를 으스러뜨린다
투명한 가루가 되어 흩날리는 잠자리들에 싸여
나는 깨어난다

아, 달아나는 잠의 꽁무니에 달려
일제히 사라지는 잠자리들

나 홀로 사막에서

머릿속에서 불가사리가 끓고 있다
무엇이든 먹어치우는 불가사리 잠시도 쉬지 않고
불가사리가 불안스럽게 불어난다

내가 앉아 있는 책상을 먹고
내가 바라보는 유리창을 먹고 유리창 밖에 펼쳐진
풍경까지 먹어치우는 불가사리
불가사리가 불가사의하게 불어날수록
천천히 내 주위는 사막이 되어간다

수도를 틀어도 모래가 쏟아지고
머리칼을 쓸어넘겨도 우수수 모래가
흩날린다 안방과 거실 정원과 골목 어디 할 것 없이
벌써 모래가 두텁게 쌓여 있다

그 무엇도 막을 수 없다 불가사리
머릿속에서 탐욕스럽게 세상을 먹어치운다
불어나는 말 말들 속에서 번져가는 소문 속에서
먼지만큼이나 많은 불가사리가 끓고 있다

아무리 높이 성벽을 쌓아도 불가사리는
쉽게 넘어 들어온다 불이 불을 먹어치우듯
불가사리는 내 머릿속 온 세상에 불을 지르고
대기 가득 뜨거운 열기를 풀어놓이
거리 곳곳에 신기루 현상을 일으킨다 어느새
내 발밑에까지 다가와 버석거리는 모래알들

불가사리가 불어난다
아무도 죽일 수 없는 불가사리들이 아무거나
닥치는 대로 먹어치우며 거센 모래바람을 타고
사방으로 번져간다

밤비와 놀다

단 하나의 빗방울로도
내가 기대고 있는 이 밤은 부서져나간다
숲의 나무들 소스라치며 부산히 서로의 잎사귀를
부비고
꺼져가던 바람도 힘을 얻어 풀밭 위를 달린다

내 이마를 때리는 단 하나의 빗방울이
나를 눈뜨게 하고
나를 둘러싸고 있는 모든 것들을 돌연 빛나게 한다
파리한 손을 내밀어 받아보는 이 한 방울의 비
내 손바닥의 생명선을 가로질러
머나먼 강까지 무한한 물을 흘려보낸다

이 한 방울의 비에 밤은 한없이 부드러워지고
나를 가둔 어둠도 서서히 녹아내린다
어둠의 가지 위에 깃을 접고 앉아 있던 새들도
음조를 바꾸어 노래부르기 시작한다

활시위를 떠나는 저 빗방울의 가벼운 몸놀림
쉬쉿거리며 은빛 화살촉이 내 살갗을 스칠 때마다

내 발목엔 작은 날개가 돋는다

오 나를 반기며 나를 어루만지는
정다운 물의 자매들이여
내 낡은 외투를 너희 재잘거림으로 빗질해다오
헝클어진 젖은 머리칼에 무지개가 번득이도록 해다오

단 한 방울의 비에
이 밤 나는 산산이 부서진다

燔 祭

잠자는 아이를 바라본다
하루종일 환히 웃으며 돌아다니던 조그만 천사가
어두운 방구석에 홀로 웅크리고 누워
곤한 잠을 자고 있다

네가 태어났을 때
그 어떤 동방박사도 우릴 찾아주지 않았지
황금과 몰약을 바친 사람도 없었어
그러나 너는 단 하나뿐인 이 세상의 마지막 구원자
너의 웃음 속에 세상은 매순간 새로 태어나고 있기
에

잠자는 너를 안고 창가로 다가간다
발뒤꿈치를 들고 경건히
밀려오는 달빛에 너를 바친다
오, 달빛 속에서 눈부시게 끝없이 타오르는 너

허공 저편에서 너는 운다 너무도 뜨거운 달빛이
너를 태우고 너를 한없이 높이 들어올리기 때문에
말구유처럼 둥근 달 속에 울려퍼지는

네 울음 소리

손을 뻗어 잠자는 너를 어루만진다
푸른 어둠 속, 고요히 번져가는 지옥의 불꽃들
이 밤이 다 가기 전 나는 먹을 것이다
달빛에 잘 구워진 너의 찬란한 살을

해 일

해일이 밀려왔다
사람들이 집을 버리고 모두 산으로 도망친다
캄캄한 대낮 날뛰는 물방울의 소용돌이
길 잃은 말들이 골목을 배회하며 짖어댄다

물이 내 발등을 적실 때부터 나는 귀를 막았다
어두운 방에 홀로 틀어박혀 전축 볼륨을 최대한 올
린 채
내 속으로 무너져오는 어떤 거대한 소리를 기다렸다
마지막 심판 다음에 있을 그 무엇을

그러나 물은 여전히 내 무릎에 기대 찰랑거리고
물먹은 레코드판에선 찍찍거리는 소음만 새어나오고
산으로 도망친 사람들이 버리고 간 말들만
쓰레기처럼 이곳저곳에 쌓여 썩어갔다

해일이 밀려왔다
신문과 우편 배달이 끊긴 도시의 거리 위로
떼지어다니는 사나운 물방울들
한때는 내 입 안에서 구르던 부서진 말의 파편들

모두 물에 파묻혀 덧없이 가라앉아갔다

어제도 오늘도 다가올 죽음을 기다리며
어두운 골방에 처박힌 내게
물은 아득히 먼 세상 이야기만 들려주고
간혹 잠에서 깨어나 창문을 열면
산 저편 섬뜩한 무지개가 비수처럼 빛나고 있었다

푸줏간에 가다
──시인의 집

그 푸줏간엔
오직 말고기만이 걸려 있다
차가운 불빛 아래 붉그죽죽한 살점을 드러낸 말이
쇠갈고리에 매달려 흔들리고 있다

저 말은 오랜 기간
인적 없는 길을 걸어왔을 것이다
입에서 입으로 건네지는 말이기를 거부하고
쐐기문자만 우물거리기를 단념하고
마구간을 뛰쳐나와 검은 갈기를 휘날리며
저 말은 아득한 벌판을 달려왔을 것이다

그러나 지금 푸줏간에 매달려
헐값에 팔려나가는 저 거세된 말고기는
오늘밤 누군가의 식탁 위에서 김을 뿜으며
소리없이 씹혀질 것이다
목구멍에 걸린 한 점 질긴 힘줄도
조만간 삼켜질 것이다

말고기마저 팔려나간

그 푸줏간엔 이제 아무것도 걸려 있지 않다
천장에 매달린 쇠갈고리가 음산한 빛을 흩뿌리고
있을 뿐
푸주한만이 긴 밤 식칼을 갈며
내일 아침 길을 잃고 이곳에 들를 재수 없는
또 다른 말을 기다리고 있다

철 길

들길 저편으로 철로는 뻗어 있었다
이제 더 이상 그 어떤 기차도 다니지 않는
녹슨 철로가엔 무성히 잡풀만 자라고
새들이 내려와 잠시 졸다 가기도 했다

그 철로를 볼 때마다 한없이 걷고 싶었다
무작정 철로를 따라 언덕을 넘고
숲을 지나 아득히 바다를 향해 난 벼랑으로 가고
싶었다
때로 구두를 벗어 손에 든 채 걷고 싶었다

두 줄기 검고 단단한 몸체를 이끌고
들길 저편 지평선을 향해 가물가물 가고 있는 철길
희미한 추억의 기적 소리가 나를
깊은 잠속으로 가라앉히는 밤

폐선로 위를 달리는 기차를 만났다
녹슨 철로 위를 달리는 녹슨 기차에 매달려
나는 울며 어디론가 가고 있었다
기차가 지나간 자리마다 철로는 끊겨

차례차례 어둠 속으로 사라지고

바람 부는 들길 한가운데
내 울음 소리만 아스라이 메아리치고 있었다

증 언

　죽은 자들로
　죽은 자들을 장사지내게 하라*
　죽은 자는 두려움이 없으니 그들은 우리의 풍요로
운 식탁과
　안락한 집에서 너무 멀리 떨어져 있다

　죽은 자들로 하여금 땅을 파고
　죽은 자들을 묻게 하라 죽은 자들의 머리맡에
　꽃을 뿌리고 죽은 자들과 더불어 춤을 추다가
　그들끼리 어울려 잠들게 하라

　한 번 죽은 자는 마침내 죽고
　영원히 죽어 있으니 그곳에선 아무도 헛된 영생이
나 부활을
　꿈꾸지 않으리라 다만 땅속에 갇혀
　오그리고 떨며 제 몸이 부스러져 삭아가는 것을
　흙과 먼지와 검은 물이 되는 것을
　잠자코 지켜보고 있으리라

　죽은 자들로 죽은 자들을 장사지내게 하라

그들은 슬기로우면서도 조용하고 자유로우면서
평등하니 한가로이 산 자들의 삶을 곁눈질하며
자신의 죽음을 완성시켜나가리라

다만 우리는 가끔씩 모여
그들에 대한 기억을 씻어내기 위해 떠들고 술을 마
시고
밤새도록 화투짝을 두드릴 뿐
죽은 자들이 보내는 다정한 미소를 등뒤로 느끼며
산 자들은 서로를 죽이기에도 너무 바쁘다

  * 마태복음 8장 22절.

시작 노트

나는 일찍이
詩가 떨기나무 불꽃인 줄 알았다
태우지 않고 빛을 내는 그 불꽃 덤불 앞에
나는 신발을 벗고 무릎을 꿇었다

그 어떤 뜨거움이 내 목젖을 떨게 하고
내 입 안을 깔깔한 모래로 가득 채웠는가
떨기나무 불꽃이 은은하게 타오르는 동안
나는 아득한 거리를 무릎으로 기어갔다
다가가면 갈수록 멀어지는 그 불빛을 잡기 위해
짓무른 살갗에서 피가 배어나오는 줄도 모르고

오늘 그 불꽃이 사그라든 자리
한줌 재를 손아귀에 움켜쥔 채
나는 다시 시를 생각한다 아무것도 아닌 바로 그것
공허한 언어의 잔해를 뒤적이며 나는
떨기나무 불꽃 속에서 울려퍼지던 음성을 떠올린다

바다가 갈라지고
굳은 바위에서 물이 솟는 기적은 끝났다

이제 더 이상 신발 벗을 자리조차 찾을 수 없는 이
지상에서
　쓸쓸히 저무는 하루를 등지고
　나는 말없이 비틀거리며 걷는다

　뒤에서 부르는 소리 있어 돌아보면
　바람에 날리는 부우연 재 속에서 깜박이는 불씨
몇 개
　무너져내리는 하늘 한 귀퉁이
　꺼져가는 노을을 지키고 있다

성스러운 피

이   광   호

I. 죽은 자들의 방문

죽음의 이미지로 들끓는 한 권의 시집이 있다. 죽음
의 아우성으로 채워진, 피투성이의, 피범벅인 시집. 그
러나 한편으로 지나치게 경건하고 고요하고 깊은 시집.
마치 우리가 알지 못하는 미지의 죽음처럼…… 우리 내
부의 죽음처럼…… 만약 이 시집을 펼쳐 읽기 시작한다
면 당신은 죽은 자의 중얼거림을 듣게 될 것이며 당신의
손에는 피가 묻어날 것이다. 죽음에 대한 감각은 당신의
내면과 육체를 전율시킨다. 흠칫 놀라 당신은 시집을 던
져버릴지도 모른다. 죽음에 대한 어떤 공포도 매혹도 없
이 이 시집을 읽는다는 것은 불가능하다. 죽음에 대해
우리가 그릴 수 있는 모든 것, 혹은 그 이상을 우리는
이 시집에서 만난다. 죽음에 관한 상상력의 한 극한이
여기에 있다. 이토록 불길한 상상력이 어떻게 가능할까?

이건 도대체 무슨 미학인가? 왜 한 사람의 시인은 이렇게 잔인한 이미지에 집착할 수밖에 없을까?

죽음에 관한 상상력은 오랜 기원과 전통을 가지고 있다. 죽음은 인간 존재가 태초의 시대부터 직면해야 했던 가장 근원적인 공포와 경외의 대상이었다. 죽음이란 모든 생명과 가치의 영도(零度), 실존적 한계 상황이기 때문이다. 어떤 원시적인 종교와 제의와 신화의 탄생도 죽음에 대한 인간의 대응과 무관하지 않다. 인간 운명의 본질로서의 죽음에 대한 인식은 인간 이해의 한 출발점이다. 죽음이란 결코 피하거나 극복될 수 없는 삶의 극원이며 그것의 심층에 있는 자연의 가혹한 힘을 상징한다. 죽음은 자연이 인간을 지배하고 있다는 사실에 대한 가장 확실한 징표이기 때문이다. 그 죽음에 대한 인간의 지배욕이 새로운 국면을 열기 시작한 것은 근대 이후였다. 근대적 이성은 과학 기술이 자연을 극복하고 넘어설 수 있다는 거대한 믿음에 기초하고 있다. 죽음이 가장 절대적인 자연이라고 한다면, 문명화란 죽음의 은폐와 억압에 다름아니다. 근대 이후 인간의 주체성과 합리성을 고양하기 위해 죽음은 당연히 배제되고 추방되어야 할 주제였다. 그것은 인간의 이성이 설명하지 못하고 정복하지 못하는 최후의 자연이기 때문이다. 그래서 죽음은 근대 세계의 세속적·합리적 인식에 대한 안티테제이다. 그러나 근대야말로 그 안에 얼마나 무수한 죽음들을 배태하고 있는 것일까. 얼마나 많은 죽임들을 통해 근대는 건설되었던 것일까. 그러므로 다시 여기서 우리가 죽음에 대해 예민해지고 죽음에 대한 상상력을 해방

한다는 것은 무엇인가? 합리적으로 설명되지 않는 것은 아무것도 없다는 저 도저한 계몽 이성의 오만함을 신화의 동력으로 폭파하는 것. 위장된 진보와 일상적 행복에의 도취를 발가벗겨 삶의 어두운 근원을 보게 만드는 것. 현대시의 저 어둡고 파괴적인 낭만주의적 열정은 이런 차원에서 근대와 대결했다고 할 수 있다. 남진우의 시집은 죽음에 침묵을 강요하는 시대에 바로 그 죽음으로 하여금 세계를 향해 노래하게 하는 공간을 마련한다. 그것은 인간의 존재론적 심층에 대한 경사이면서 동시에 현대적 삶의 원리에 대한 비판을 의미한다. 이런 문맥에서 이러한 미학은 죽음의 신화적·종교적 층위와 사회·문화적 층위를 동시에 함유한다.

이 시집 속의 시적 자아는 우선 죽은 자의 신호를 받는다. 죽은 자들은 우리의 일상적 삶 안으로 밀려들어와 그 질서를 뒤흔든다.

1) 이 밤 죽은 자를 태운 배가 내 집 앞에 도착했다
   새벽이 오기 전 그 배에 불을 질러
   더 먼 바다로 떠나보내야 한다
   그 배가 삐걱이며 내 잠속으로 가라앉아버리기 전에
   죽은 자들과 한 모든 계약을 끝마쳐야 한다
   ──「검은 돛배」에서

2) 멀리서부터 서서히 천둥 소리가 다가오는 밤
   소름끼치는 한밤의 전화벨 소리가 울린다
   졸린 눈을 비비며 일어난 내 귓전에

죽은 자들의 차디찬 음성이 메아리친다

넌 이미 죽었다고
너도 곧 떠도는 목소리가 되어 우리처럼
밤의 허공을 외로이 방황할 것이라고
　　　　　　　　──「목소리 ── 심야 통화」에서

　죽은 자들의 방문은 밤에 이루어진다. 죽은 자들의
활동은 밤의 공간 안에서만 가능하기 때문이다. 밤의 공
간은 낮의 현세적·일상적 질서가 유보되고 비합리적이
고 혼돈스런 사건들이 용인되는 장소이다. 1)에서 죽은
자들의 방문은 '나'의 잠결에 이루어진다. 잠은 내면에
억압되어 있던 충동이 드러나는 자리이다. 그 잠속에서
낮의 세계에서 금지되었던 죽은 자들의 방문이 가능해
진다. 그 방문이 배를 통해 이루진다는 것은 다분히 신
화적인 상상력이다. 죽은 자들의 배에 태우고 불을 질러
바다로 떠나보내는 것은 강력한 이미지를 동반하는 죽
음의 제의다. 죽음과 재생의 드라마가 배태되는 장소라
는 측면에서 밤의 심연은 바다의 심층과 상징적 친연성
을 갖는다. 밤바다는 죽음을 통한 재생에의 열망으로 가
득하다. 이때 밤바다의 항해는 지상적이고 일상적인 삶
에 대비되는 초월적인 삶으로의 지향성을 얻는다. 다른
세계에 닿으려는 우리 내부의 들끓는 욕망이 우리로 하
여금 항해를 상상하게 만든다. 그러나 이 시의 화자는
그들의 방문을 두려워하고 있다. 시적 자아는 잠에서 깨
어나야 하고 새로운 아침을 기다려야 하기 때문이다. 그

들의 방문을 '계약'으로 표현한 것도 현세적 삶을 포기할 수 없는 상황을 보여준다. 그러나 2)에서 보이는 것처럼 그들의 방문으로부터 도망칠 수 있는 길은 없다. 적어도 밤의 공간 안에서 우리는 그들의 목소리를 외면할 수 없다. 이 시에서 죽은 자들의 방문은 잠속에서가 아니라 잠을 깨우는 전화벨 소리를 타고 온다. 그들은 더 깊게 일상적인 세계 안에 진입해 들어온다. 죽은 자가 "넌 이미 죽었다고" 말할 수 있는 것은 어쩌면 그들이 바로 우리들의 나날의 삶 안에 혹은 우리들의 내부에 들어와 있기 때문이 아닐까? 그러므로 죽은 자들의 방문은 탈일상적 사건이면서 동시에 일상 안에 언제나 잠재되어 있는 사건이다.

Ⅱ. 검은 나르시시즘

1) 별똥별 하나 내 이마에 금을 그으며 떨어지는 밤
   나는 다시 잠자리에 든다 흔들리는 방 흔들리는 거리를 지나
   죽은 자들에게 이끌려 나는 한없이 어두운
   밤의 밑바닥을 정처없이 떠내려간다

   ……누군가 창문 저편에서 나를 지켜보고 있다
                              ──「우리 시대의 표류물」에서

2) 죽은 자들로 가득 찬 몸을 일으켜
   창가로 걸어가보면 멀리 밤하늘에 떠 있는
   차가운 달의 심장

대지 저 밑에서
죽은 자들의 손톱과 머리칼이 소리없이 자라듯
나는 이 밤
그들의 말이 두근대는 심장을 지그시 누르고
어둠 저편에서 나를 지켜보고 있는 누군가의 눈빛을
막막히 마주보고 있다

      ——「죽은 자를 위한 기도」에서

 죽은 자들은 끊임없이 우리를 방문한다. 1)에서 그들은 우리들의 창문을 기웃댄다. 창문 너머에서 그들은 우리를 들여다보고 있다. 이때 창문은 그들과 나 사이, 죽음과 삶 사이, 내세와 현세 사이를 가르는 막이다. 그러나 그 막으로서의 창문은 투명하다. 유리로 된 창문은 시각적인 만남을 허용하지만 촉각적인 접촉을 가로막는 차가운 물질성을 갖는다. 이때 창문은 소통과 단절의 의미를 동시에 함유한다. 그 창문을 통해 죽음은 나를 들여다보고 있다. 창은 죽음의 눈이다. 죽음의 눈은 끊임없이 창문 이쪽 편의 삶을 응시한다. 2)에서도 창을 통해 나는 죽음의 눈과 만난다. '차가운 달의 심장'은 마치 그 죽음의 눈동자와도 같다. 그런데 시선의 방향은 역전되어 있다. 그 죽음의 눈이 나를 들여다보는 것이 아니라 그 "누군가의 눈빛"을 내가 마주본다. 아니 정확히 말하면 창문을 사이에 두고 두 눈빛은 만나고 있다. 이제 창문은 너 이상 창문이 아니라 거울이다! 나는 창문이라는 거울을 통해 나의 죽음을 들여다보고, 죽음 역시 그것을 통해 자신의 현세를 들여다본다. 이 시집 속에서 우리는 매우 특이하고 섬뜩한 거울의 이미지들을 만나게 된다.

1) 내 언제 저 우물에서 단물을 길어
   잠들지 못하고 헤매다니는 영혼들을 축여주었던가
   길은 우물을 맴돌며 거기 박힌 돌 한 조각에도 다가가 볼을 부비고
   오래 비어 있는 그 속을 들여다보지만
   마른 우물에선 상처입은 자의 긴 신음만 새어나올 뿐
   ——「길과 우물」에서

2) 캄캄한 거울에 너는 비춰지지 않는다
   네가 중얼거린 말들만 거울 표면에 어른거리며
   부우연 입김으로 번져나가려 애쓸 뿐
   검은 머리카락으로 뒤덮인 너는
   서서히 쪼그라들어 한낱 실뭉치로 변해간다
   ——「복도의 끝, 거울이 걸린」에서

  우물은 우주의 생명수이며, 목타는 영혼을 구원하고 정화하는 물이다. 또한 그 우물을 들여다보는 자에게 그것은 변형된 거울이다. 우물을 들여다보는 행위는 반성적이고 명상적이다. 맑고 풍요로운 우물은 깊은 여성성의 세계로 우리를 이끈다. 길이 우물을 맴돌 수밖에 없는 것은 우물을 통해서만 길은 그 고단한 여정을 갱신할 수 있기 때문이다. 그러나 1)에서 그 우물은 이미 말라

있고 비어 있다. 말라버린 우물은 불모가 되어버린 여성성이며 헐벗은 자궁이다. "상처입은 자의 긴 신음"만 새어나오는 우물에서 길은 자기 내부의 갈증을 채울 수 없고 헐벗음을 치유할 수 없다. 그것은 마치 자기 내부의 폐허를 확인하는 일과도 같다. 2)의 거울은 보다 섬뜩하다. 거울은 가까워지지도 않고 사람을 비추지도 않는다. 그것은 투명한 자기 인식의 매개가 아니라 캄캄한 혼돈의 자리다. 그래서 '너'는 죽음 혹은 부재로서의 '나'이다. 여기에 부가되는 "검은 머리카락"과 "실뭉치"의 이미지는 죽음의 공포와 관능을 뿜어낸다.

남진우의 시에서 거울은 세계를 온전하게 반영하고 자기를 성찰하는 도구가 아니다. 거울은 더 이상 동일성을 확인하는 매개가 아니라 내 안의 타자를 발견하는 장소이다. 거울은 나의 현존이 아니라 내 안에 깃들인 죽음과, 나의 부재를 반영한다. 비평가는 거기에 검은 나르시시즘이라는 이름을 붙여주고 싶다. 이런 의미에서 그의 거울은 신화의 세계에서와 같이 마술적이다. 거울은 단지 사물의 표면을 반영하는 것이 아니라 그것의 심층에 있는 것을 불러낸다. 존재의 내부에 웅크리고 있는 죽음을.

> 검은 물 검은 물 속에
> 달빛도 녹지 않고 엉겨붙어 무겁게 고인 검은 물 속에
> 내가 누웠네 가슴에 칼을 꽂고 누운
> 내 부릅뜬 눈에 어두운 하늘이 비치고
> 그 하늘 아래 고개 숙인 내가 보였네

손을 내밀어 검은 물 바깥의 그를 붙잡으려 해도

그는 이내 한 모금 물을 마시고 일어설 뿐

아무리 소리쳐 불러도

멀리 한 점 그림자 되어 사라지는 그는

끝내 뒤돌아보지 않았네   ──「그때 그곳에서」에서

　"무겁게 고인 검은 물"은 영혼의 목을 축이는 물이 아니라 피의 변형이다. 그 검은 물에 나는 자신을 비춘다. 피로 만들어진 거울! 내용이 아니라 그 틀 자체가 죽음의 이미지로 이루어진 거울이다. 검은 물은 사물을 투명하게 비추지 못하고 온통 죽음으로 채색할 뿐이다. 검은 물 속에 누운 나는 이미 그 죽음의 공간 안에 붙들려 있다. 그렇다면 "검은 물 바깥의 그"는 누구인가? 이 불길한 죽음의 자기 반영성으로부터 벗어나 있는 그. 그는 그 악마적 자기 반영의 세계로부터 이탈할 수 있는 자, 어떤 가 닿을 수 없는 신성의 그림자가 아닐까? 검은 나르시시즘은 자기 내부의 죽음만을 들여다보는 것이 아니라 그 바깥의 존재에 대한 버릴 수 없는 동경까지를 포함한다.

Ⅲ. 피와 가시의 상상력

　사물의 심층을 응시하려는 욕망, 존재 내부의 죽음을 들여다보는 시선은 피와 가시의 상상력을 가능하게 한다.

1) 매장된 아이는 계속 노래부르고
   우리는 밤새 삽질을 한다
   노래와 삽질 사이
   이따금 잘린 나무 뿌리가 튀어오르고
   여기저기 파헤쳐진 구덩이에 검은 피가 고여 빛난다
   ──「매장된 아이」에서

2) 무덤 위에 푸른 그늘을 드리웠던 저 나무는 지금
   그늘을 벗어나기 위해 몸을 뒤틀며 솟아오르고 있다
   솟아오르며 나무는 뿌리를 빨아올린 핏방울을 한사코
   제 몸 바깥으로 내어밀고 있다

   모든 죽음 위엔 나무가 자란다
   무성하게 묘지를 둘러싸고 잎 없는 가지를 펼치는 나무들
   나무가 흘린 피가 다시 땅속으로 스며들어
   그 밑에 누운 주검을 조용히 어루만지는 오월 아침
   ──「공원묘지」에서

1)에서 '매장된 아이'는 억압당한 죽음이며, 피는 은폐된 죽음이다. 매장된 아이의 노랫소리는 결코 은폐될 수 없는 죽음의 집요한 자기 증명을 나타낸다. 삽질은 그 은폐된 죽음을 발굴하는 행위이며 죽음을 다시 드러내게 하려는 것이다. 이 시에서 그 삽질을 통해 검은 피가 고여나기는 하지만 결코 매장된 아이는 찾을 수 없다. 우리는 죽음의 실체에 닿을 수 없고 단지 그것으로부터 울려오는 소리만을 고통스럽게 감지할 수 있을 뿐

이다. 삽질은 마치 죽음을 은폐한 죄에 대한 형벌과도 같으며, 피는 그것에서 파생되는 희생적 상징물이다. 2) 에서 피는 생명 원리의 상징이다. 피를 먹고 피를 넘어서 생명의 풍요는 가능해진다. 피는 동물의 몸에서 나오는 것이지만, 이것을 식물성에 연결시키는 것은 독특한 미학을 불러일으킨다. 식물의 초록빛과 동물 내부의 붉은 피는 서로 대비되는 미적 자질을 함유하고 있는데, 피 흘리는 나무의 이미지는 그것들을 교묘하게 뒤섞어 놓는다. 여기에서 피는 다분히 희생이라는 의미를 포함한다. "나무 밑에 묻힌 죽음"은 나무의 생명 순환을 가능하게 한다.

시인의 또 다른 시 「장미」에서 보이는 "피, 피에 목마른 샘/장미꽃이 가르치는 저주//나는 이미 붙들렸다 타오르는 장미의 입술이/나를 마신다 내 피를 마신다"와 같은 관능적이고 탐미적인 이미지들은 유혹과 희생으로서의 피의 의미를 상기시킨다. 피는 생명을 부르고 생명을 소멸시키고 생명을 거듭나게 한다. 대지와 식물 내부에 숨어 있는 피를 투시하는 시인의 직관은 한편으로는 「가시」라는 이미지에 대한 경사를 보여준다. 시인에게 피가 죽음이라는 희생의 상징이면서 동시에 생명의 원리를 가능하게 하는 매개라면, 가시는 완전히 죽어서야 완벽하게 드러나는 존재 내부의 은폐된 죽음이다.

> 물고기는 제 몸 속의 자디잔 가시를 다소곳이 숨기고
> 오늘도 물 속을 우아하게 유영한다
> 제 살 속에서 한시도 쉬지 않고 저를 찌르는

날카로운 가시를 짐짓 무시하고
물고기는 오늘도 물 속에서 평안하다
이윽고 그물에 걸린 물고기가 사납게 퍼덕이며
곤곤한 불과 바람의 길을 거쳐 식탁 위에 버려질 때
가시는 비로소 물고기의 온몸을 산산이 찢어 헤치고
눈부신 빛 아래 선연히 자신을 드러낸다

　　　　　　　　　　　　　—「가시」 전문

　가시는 물고기의 내부에 감추어져 있던 죽음의 징후이다. 살아 있는 동안 물고기는 끊임없이 자기 안의 가시에게 찔리지만 그것을 참을 수밖에 없다. 죽어서 물고기의 살들이 찢겨짐으로써 가시가 드러나고 물고기는 가시의 찔림에서 해방된다. 이때 가시는 이중적인 의미를 동시에 갖는다. 우선 가시는 물고기가 견디지 않으면 안 되었던 자기 내부의 죽음이며 일종의 원죄이고 고난의 상징이다. 살이 떠난 뒤에도 가시는 남아 자기를 온전히 드러낸다. 여기서 가시는 파괴되지 않는 죽음, 더 이상 훼손될 수 없는 생명의 한 기초이다. 그러니 그 가시로부터 생명이 시작된다는 역설 역시 가능하지 않을까? 가시는 생명의 덧없음과 생명의 근원을 동시에 표상한다.

　존재의 내부를 들여다보려는 투시적 상상력에 의해 파악된 가시의 이미지는 "공기는 결코 부드럽지 않다/틈만 나면 날카로운 가시로 나를 찌른다"(p. 48)와 같은 시행을 낳으며, "접혀진 책장 곳곳에 무수한 칼날이 숨겨져 있음을"(p. 58)과 "깊은 밤/그물을 내려 마른 뼈를 거두어라"(p. 69)와 같은 변형들을 거느린다. 이때 '가시-

칼날-뼈' 등은 존재의 내부에 감추어져 있는 어떤 치명
적인 본질이다. 그것이 고통스럽고 불길한 감각으로 다
가올 수밖에 없는 것은, 그것이 더 이상 해체할 수 없는
존재의 알갱이를 의미하고 동시에 그것을 둘러싼 외피
의 덧없음을 동시에 증거하기 때문이다. 이런 상상력의
편향 때문에 가령 "밤하늘에 둥근 유골단지가 떠 있다"
(p. 13) 같은 표현 역시 가능해진다. 달이라고 하는 풍요
로운 생명의 상징은 유골단지라는 뼈로 표현된다. 유골
단지는 달의 뼈이면서 달이 가진 죽음과 재생의 드라마
의 한 근본적 형태가 된다. 그런 의미에서 유골단지는
단순한 달의 죽음이 아니라 달이라는 존재의 마지막 근
원이다. 그렇다면 사물의 가시와 뼈를 들여다보는 시인
의 눈을 그냥 죽음을 들여다보는 눈이라고만 할 수 있을
까? 가시는 생명의 존재 방식에 관한 하나의 모순이며
역설을 보여주는 것이다.

> 사랑하고 싶을 때
> 내 몸엔 가시가 돋아난다
> 머리 끝에서 발끝까지 은빛 가시가 돋아나
> 나를 찌르고 내가 껴안는 사람을 찌른다
> ──「어느 사랑의 기록」에서

　인상적인 연애시로도 읽힐 수 있는 이 시는 사랑의
존재 방식에 대한 매우 뼈아픈 성찰을 담고 있다. 가시
가 돋친다는 것은 가벼운 상처에도 예민해진다는 것이
다. 사랑하는 정서의 고양은 가해 의식과 피해 의식이

동시에 격렬해지는 것을 의미한다. 상처받고 상처를 줄 수 있다는 것을 용인하지 않고 사랑은 가능하지 않다. 그런 의미에서 당신이 경험하는 모든 사랑은 가시 돋친 사랑이며, 소멸의 불길한 예감이 드리워지지 않는 사랑은 없다. 그럼에도 불구하고 가시는 사랑하는 존재의 어떤 근원적 상태를 가리킨다. 가시는 사랑을 상처입히고 동시에 사랑을 가능하게 한다. 그러니 이 "참혹한 사랑 속에서" 나의 가시가 나와 당신의 몸을 찌르는 것은, 견딜 수 없는 고통이면서 동시에 생명에 대한 도취이다.

Ⅳ. 묵시록적 시쓰기

시인은 자기 시대를 매우 불길한 시선으로 바라보고 있다. 현란하고 풍요롭고 평안하지만 그 내부에 피할 수 없는 무수한 죽음들을 감추고 있는 시대. 시인이 악마와 괴물의 이미지를 부활시키는 것은 현재 속에서 은폐되거나 박제화되어 있는 이런 불길한 상상력의 복권이다. 가령 "그리운 피의 샘에 입술을 처박고 오오래/결국은 내 자신의 피를"(p. 63) 빠는 흡혈귀, "닥치는 대로 먹어치우며" "아무도 죽일 수 없는 불가사리들"(p. 97)의 이미지가 그런 것들이다. 악마 혹은 상상적인 괴물이란 무엇인가? 지상의 합리적인 질서에 대한 반역의 충동이 만들어낸 이런 허구적인 악의 상징들은 세계의 이성적인 질서를 비웃고 혼돈과 무질서, 도착과 공포의 세계로 우리를 이끈다. 어떤 의미에서 그것들은 타락한 신성이다. 신성이 이성으로서만은 파악되고 설명될 수 없는 영역이라면 악마란 그러한 신성의 일그러진 형상인 셈이다.

악마는 더 이상 이성과 윤리에 의해 옹호되지 못하고 배척당한 신성이다. '신성/악마성'의 구분하는 이성과 윤리의 권능은 다분히 폭력적이고 억압적이다. 더 이상 신성이 신성으로 대접받지 못하는 세계에서 신성은 악마적인 것으로 호도되기도 하고 대중 문화의 한 캐릭터로 박제화된다. 모욕당한 신성으로서의 악마와 괴물은 세계의 종말에 대한 징후적인 존재이며, 그것을 만들어내는 것은 물론 인간의 묵시록적 상상력이다.

"오늘밤 왠지""지상의 모든 집 전화가 일제히 울려/최후의 심판이 닥쳐왔음을 떠들어댈"(pp. 74~75)지도 모른다. 어떤 평안과 고요도 그 안에 죽음과 종말의 신호를 준비하고 있다. 최후의 심판은 도시의 거리를 파괴하는"해일"의 모습으로 등장하기도 하고(p. 102), "재의 비가 내리는"재난의 시대로 묘사되기도 한다(p. 54). 그래서 시적 자아는"나는 재와 싸운다 하루종일/밤새도록 허덕이며 재와 싸운다/재와 싸우며 재가 되어간다"(p. 53)라고 고백할 수밖에 없다.

그러나 묵시록적인 상상력은 종말과 죽음에 대한 예감에만 한정되는 것은 아니다. 시적 자아는 그 종말론적 징후들 속에서"마지막 심판 다음에 있을 그 무엇을"(p. 102) 기다린다. 묵시록은 단순히 이 세계의 끝이 아니라 현재에 대한 새로운 반성과 비판의 차원을 열어가는 것이며, 전혀 새로운 시간의 도래에 대한 미지의 약속을 포함한다. 여기서 죽음의 주제는 현저히 종교적인 차원을 얻는다.

죽은 자들로 죽은 자들을 장사지내게 하라
그들은 슬기로우면서도 조용하고 자유로우면서
평등하니 한가로이 산 자들의 삶을 곁눈질하며
자신의 죽음을 완성시켜나가리라   ──「증언」에서

이때 시적 화자의 어조는 사제의 예언적 목소리를 닮아 있다. 시는 종교적인 담론의 일부가 된다. 현상의 배후에 있는 죽음의 존재에 대한 계시적 드러냄을 통해 시인은, 이제 어째서 죽음에 대한 과도한 상상력이 종교적인 세계 이해와 만나고 있는가를 보여준다. 죽음에 대한 치열한 사유란 결국 존재 전환에 대한 집요한 욕망의 드러남이다. 이런 층위에서 피를 흘리며 죽어가는 매혈자가 그 마지막 순간 빛을 보는 것은 필연적이지 않을까.

이토록 많은 검은 피 속에서
피를 흘리며 내가 죽어가야 하다니
두 손 길게 늘어뜨리고 검게 굽이치는 피의 물결 속에 누워
나는 마지막 핏방울이 내 몸에서 빠져나가는 소리를 듣는다

어둠 저편에서 조금씩 다가와
부드럽게 내 눈을 쓸어 감겨주는
아득한,
빛   ──「매혈자의 꿈」에서

아무리 강인한 육체와 성신도 죽음이 야기하는 원초적 공허를 피할 수 없다는 측면에서 우리는 모두 매혈자

라고 할 수 있다. 자본과 제도의 틈새에서 타성의 힘으로 살아가는 현세에서는 누구나 조금씩 이 세계에 피를 팔고 있다. 그러니 어떻게 당신의 삶이 매혈자의 죽음과 닮지 않았다고 할 수 있겠는가? 그러나 어떻게 피는 성화될 수 있을까? 어떻게 이 세계의 지독한 무의미성이 극복될 수 있을까? 이제 아무도 그것을 시인에게 묻지는 않을 것이다. 바로 우리들의 내부에서 꿈틀거리는 피 묻은 타자가 당신에게 말을 걸어올 것이기 때문이다. 아주 불길하고 치명적이며 매혹적인 전언이 시작될 것이다. 죽음의 초극이 불가능한 것이라면, 우리는 다만 순간순간의 죽음들을 살아내고 그 안에서 실존적 계시를 만나야 한다. 그렇다면 잔인한 시인이여, 잔인한 독자여. 이 피투성이의 검붉은 언어들 속에서, 문득 아득해져서, 당신은 그 빛을 보았는가? 그 빛이 당신의 캄캄한 눈을 보았는가?